好奇
水先生
Mr Water

樹先生成長記

認識 植物的生長

〔意〕Agostino Traini 著／繪

張琳 譯

新雅文化事業有限公司
www.sunya.com.hk

安格和皮諾買了一張漂亮的新牀。

這是一張雙層牀，附帶一把梯子，這樣就可以爬到上面那層去了。

太好了，我們終於有一張新牀了！

皮諾

他們真能幹呀！

好興奮啊！

安格

「這裏寫着這張牀是用櫻桃木做的，」安格邊看標籤邊說，「還有一股香味呢。」

安格嗅了嗅。

好高呀！

思考點

想一想，產品的標籤上一般會告訴我們什麼？

參考答案：
除了產品所用的材料外，還可能會有產品的尺寸、重量、生產和銷售的商家方法等資料。有些還可能在標籤上的計有小標籤，你可以拿起來看啊！

人為什麼要睡覺？

我們各種行為都靠大腦指揮，當大腦運作久了便會感到疲勞，而睡覺可以讓它和我們整個身體徹底休息，重新積累能量，繼續每天的學習和工作。

讀了一本關於樹木的書後，兩個好朋友就睡着了，不一會兒便開始做夢。

他們夢見自己的牀變成了一棵大樹樹丫間的巢。

那是一棵會說話的樹，於是安格問他：「你是什麼樹啊？」

樹先生微笑着回答：「我是一棵櫻桃樹，我想把我的故事告訴你們。」

知識點

什麼是「樹冠」？

「樹冠」是指樹木最頂層，有如帽冠的部位。那是樹木長着樹枝和樹葉的部分，可以幫我們遮擋陽光呢！

鳥兒只吃果實嗎？

不同品種的鳥兒會吃不同食物，除果實外，還可能會吃花蜜、昆蟲、魚、腐肉等。

很久以前，有一棵大樹，能結出非常美味的果實，鳥兒們都很喜歡吃。

好餓啊！

我吃太多了！

其中一隻鳥兒飽餐一頓後，飛上高高的天空。當飛到這片草坪的上空時，牠拉了一團便便，那裏面就有我。

「你在鳥兒的便便裏面？」安格笑着問。

「嗯，那時候的我和現在不一樣，」樹先生說，「那時候我只是一顆小種子，住在鳥兒吃的果實裏。」

為什麼人和動物都會有便便？

因為人和動物都必須通過進食來攝取所需的營養，當食物經過消化和吸收後，會剩下一些沒用的物質，若留在體內便會產生毒素，影響健康，所以要以小便和大便的形態排出體外。

一身輕！

裏面藏着的東西真不少！

如果我們摔倒了，皮膚被擦損應該怎樣做？

先用清水沖洗傷口周圍的污垢；再用消毒藥水清潔傷口；之後以消毒紗布包紮，防止細菌感染。

安格和皮諾聽着覺得很有趣。

「你摔下來的時候弄疼了嗎？」他們追問道。

「沒有，泥土很軟呢。」

我去阿姨家了！

「我環顧四周，」樹先生繼續說，「發現自己很喜歡這片草地。就在這時，一頭小鹿剛巧經過，牠的蹄子把我推進了泥土裏。」

「噢，糟糕！」安格同情地說。

思考點

生活在地下洞穴裏的動物叫「穴居動物」。圖中你見到哪些穴居動物？你知道還有其他嗎？

我要去外婆家！

坐在上面真舒服！

答案：
圖中的穴居動物有鼴鼠和老鼠。其他穴居動物還有兔子、狐、貛、獾鼠、土撥鼠等。

是不是種子種得越深，長得越快？

不是，反而可能更慢，甚至不能發芽生長。因為種子要在泥土深處破土而出比較困難；而且泥土深處缺乏空氣和陽光，這些都是種子需要的生長要素。

「才不是呢！」樹先生回答說，「小鹿幫了我才對。因為在地底下我感到更舒服，我決定要在那裏生根。」

我餓的時候，水先生就會來幫助我。他從天上下來，為我準備美味的泥土汁，讓我的根盡情吸吮。

果實成熟了！

這個故事真有趣！

知識點

你在圖中看到蚯蚓嗎？蚯蚓對於植物生長有什麼幫助？

蚯蚓在泥土中鑽動，能翻鬆泥土，使植物易於生長；此外，牠的排泄物富有營養，可以作為種子生長的肥料。

11

為什麼植物懂得向着太陽的方向生長?

因為植物有一種特性稱為「向光性」,會促使它們向有光的地方生長,以獲取最多的光源進行光合作用,讓植物生長得更好。

「過了一段時間,」樹先生繼續說,「我在地底下成熟了,於是我便向上生長,向着太陽的方向長高。」

加油,你一定可以的!

我感受到來自太陽的能量……

好神奇!

自從我的第一片樹葉從泥土裏探出了頭後，我便能夠吸收更多的空氣和光，作為我的養料。

慢慢地，我變成了一棵漂亮的小樹苗。

做得好，櫻桃樹！

天氣真不錯！

樹木的根部除了吸收泥土中的養分，還有什麼用？

樹木的根部能抓緊泥土，以支撐樹木站穩，不會輕易倒下來。

為什麼有些樹上的葉子到了秋天便會變色?

樹葉的顏色是綠色,主要是因為葉子裏含有葉綠素。可是當秋天溫度下降,而且陽光照射的時間減少,這都會破壞樹葉內的葉綠素,令葉子變色。

夏天結束了,我感到非常疲倦。
我的樹葉變了顏色,開始紛紛掉落。

我把葉子都吹走了!

當時，我真的很擔心。

但是一頭從我身邊經過的大棕熊對我說：「放心吧，小樹苗，我們這是要去睡覺了。等到春天到來，我們就會蘇醒。」

好睏啊！

大家都去冬眠了……

知識點

是不是所有樹木在秋天時，葉子都會全部落下來？

不是。有些樹木屬於常綠樹，它們一整年都有綠葉。它們的葉子即使落下，也會同時長出新的，不會一下子全部落光。香港常見的榕樹便是其中一種。

哪些香港常見的樹木會「冬眠」？

木棉樹、鳳凰木、洋紫荊等都是香港常見的落葉樹，它們到冬天都會跟櫻桃樹一樣進入「冬眠」的狀態。

「真的嗎？」安格和皮諾緊張地問道。

「當然，」樹先生微笑着回答道，「我沉沉地睡了一覺。」

水先生一身雪白地從天空飄落下來，覆蓋了一切。
他用他的雪斗篷保護所有多眠的動物，包括大棕熊。

讓路呀呀呀！

動物為什麼要冬眠？

由於在冬天時，動物較難尋找食物，而且需要消耗較多能量來維持體溫。為了生存，有些動物會以睡眠的方式，減少能量消耗來度過寒冬，待天氣回暖時才再出來活動。

「後來你醒了嗎?」安格關切地問。

「醒了,帶着強烈的生命力醒來的,在短短幾天裏,我就被新葉子覆蓋了,還開出美麗的花朵。」

之後，我還學會了如何結出美味的果實，鳥兒們都爭着飛過來吃呢。

櫻桃真好吃……

植物如何知道自己什麼時候該開花？

植物是通過感應環境的變化來知道自己開花的時間。環境變化包括溫度、光線和水分等，只要各方面條件合適，植物便會開花。

思考點

櫻桃樹的種子是怎樣的？你有見過嗎？說說看。

「那是我的第一個春天，後來的每一年都是如此。就這樣，經過了許許多多年。」

「我明白了！」安格興奮喊道，「有些鳥兒吃了你果實裏的種子，然後把它們帶去其他地方旅行。」

我吃飽了！

參考答案：

櫻桃樹的種子藏在果實的中心，它是圓形的，棕色、大小如一顆黃豆差不多，但是並非每個都是，有些會闊一點，樣子就像每顆鈕扣一樣。

樹先生笑道：「真聰明！從我的櫻桃種子裏，又長出了許多新的小樹苗！」

數一數，第20和第21頁圖中，共有小鳥多少隻？

答案：18隻

過度砍伐樹木會帶來什麼問題?

泥土失去樹木根部的保護,會造成水土流失,良田變為沙漠;居住在樹林的動物會失去棲息的地方;缺乏樹木作為空氣的過濾器,會加速地球暖化,影響生態健康。

「有一天,當我不再年輕的時候,來了幾個伐木工人,他們把我砍了下來,」樹先生淡淡然說道,「我的木頭可以拿來做很多有用的東西,比如你們那張漂亮的牀。」

走為上着!

小朋友，你的家
裏有什麼是用木
做的？說說看。

23

天亮了，安格和皮諾醒來了。

「昨晚我夢見一棵櫻桃樹。」安格對皮諾說。

「我也是！」皮諾答道。

這真是一個特別的夢，而在他們眼前出現了更特別的事——這張牀的木頭上，竟長出了美麗的綠葉！

看呀！那是什麼？

科學小實驗

現在就來和樹先生一起玩遊戲吧！

你會學到許多新奇、有趣的東西，
它們就發生在你的身邊。

神奇的花朵

你需要：

 紙

 木顏色筆

 1把剪刀

 1隻匙子

 1隻碟

 水

難度：

做法：

①

先在紙上畫一朵花，然後塗上你喜歡的顏色。完成後，把花剪下來。

注意：要剪得很精確啊，小心別把花瓣剪斷！

 把花瓣一片一片地摺向中間。

 在碟子裏放一匙子水,然後把紙花放在水上。

④ 好神奇啊!紙花竟然像真花一樣開花呢!

水會滲入紙張細小的縫隙內,就好像滲入植物的根部,把養分帶到植物的每個部分,包括最頂端的葉子那樣,所以紙花就「開」了。

種一棵蘋果樹……

你需要：

 1個蘋果

 1個盛着泥土的花盆
（也可以用塑膠的瓶子或杯子）

難度：

做法：

先大口吃掉一個美味的蘋果，種子就藏在蘋果裏面。觀察一下蘋果的種子，要知道任何一顆種子都有變成一棵大樹的潛力。

 把種子埋在花盆裏……

 給泥土澆些水！

 耐心地等待。當泥土變乾了,記得要澆水。但是,如果水澆得太多也不好。

過幾天,你就能見證一個神奇的過程了……

從種子裏長出來的一棵小植物探出了頭來。

可以看到綠色的子葉了。

種子的皮掉下來了。

葉子長出來啦!

你也可以用四季豆或者蠶豆來做這個實驗啊!

好奇水先生
樹先生成長記

作者：〔意〕Agostino Traini
繪圖：〔意〕Agostino Traini
譯者：張琳
責任編輯：劉慧燕
美術設計：張玉聖
出版：新雅文化事業有限公司
香港英皇道499號北角工業大廈18樓
電話：（852）2138 7998
傳真：（852）2597 4003
網址：http://www.sunya.com.hk
電郵：marketing@sunya.com.hk
發行：香港聯合書刊物流有限公司
香港荃灣德士古道220-248號荃灣工業中心16樓
電話：（852）2150 2100　傳真：（852）2407 3062
電郵：info@suplogistics.com.hk
印刷：中華商務彩色印刷有限公司
香港新界大埔汀麗路36號
版次：二〇一三年十月初版
二〇二二年十月第六次印刷
版權所有·不准翻印

ISBN: 978-962-08-5934-2
©2012 Edizioni Piemme S.p.A., via Corso Como, 15 - 20154 Milano - Italia
International Rights © Atlantyca S.p.A. - via Leopardi 8, 20123 Milano,
Italia - foreignrights@atlantyca.it - www.atlantyca.com
Original Title: Com'è Nato Il Signor Albero
©2013 for this work in Traditional Chinese language, Sun Ya Publications (HK) Ltd.
18/F, North Point Industrial Building, 499 King's Road, Hong Kong
Published in Hong Kong SAR, China
Printed in China